TouPeira

Mole Catches the Sky

Por/By
Ellen Tarlow

Ilustrado por/Illustrated by
Tomek Bogacki

STAR BRIGHT BOOKS
Cambridge, Massachusetts

Translated by World Translation Center

Published in the United States of America by Star Bright Books, Inc.

The name Star Bright Books and the Star Bright Books logo are registered
trademarks of Star Bright Books, Inc. Please visit: www.starbrightbooks.com.
For bulk orders, email: orders@starbrightbooks.com, or call (617) 354-1300.

Portuguese/English Paperback ISBN-13: 978-1-59572-732-9

Star Bright Books / MA / 00107150
Printed in China (C&C) 10 9 8 7 6 5 4 3 2 1

Printed on paper from sustainable forests and a percentage of post-consumer paper.

Library of Congress Control Number: 2015940284

Para Miriam Cohen—professora, amiga e
minha pegadora do céu —E.T.

Para Nina —T.B.

To Miriam Cohen—teacher, friend, and
my very own catcher of the sky —E.T.

To Nina —T.B.

Um dia, Toupeira estava caminhando ao ar livre. Sentia o sol aquecendo seu rosto. Cheirava o capim fresco na brisa. Olhou para o amplo céu azul.

"É muito agradável estar aqui em cima", decidiu. "Se pudesse levar um pouquinho de céu para a minha casa lá embaixo da terra, eu seria muito mais feliz."

One day Mole was out walking. She felt the warm sun on her face. She smelled the sweet grass on the breeze. She looked at the wide, blue sky.

"It really is very nice up here," she decided. "If I could just bring some sky to my home underground, I would be much happier."

Então, ela estendeu as garras para agarrar um pouco de céu. E fechou-as bem, para que o céu não fugisse.

"Esse pouquinho de céu já vai ajudar", pensou.

So she stretched out her claws to grab some sky.
Then she cupped them together so that the sky could
not escape.

"Even this little bit of sky will help," she thought.

"Oi, Toupeira", disse uma voz. "O que você está fazendo?" Era Esquilo.

"Estou levando um pouco de céu para minha casa embaixo da terra", respondeu Toupeira.

"Ótima ideia!", disse Esquilo. "Assim, vai ter luz quando acordar de manhã. Posso ajudar?"

"Hello, Mole," came a voice. "What are you doing?" It was Squirrel.

"I'm bringing some sky to my home underground," answered Mole.

"Excellent thinking!" said Squirrel. "That way it will be light when you wake up in the morning. Let me help."

Esquilo correu e subiu na árvore.

Squirrel ran up his tree.

Esvaziou uma casca de noz e
segurou-a bem alto, para pegar a luz.
Depois, rejuntou a casca, apertando bem,
para não deixar a luz fugir.

He emptied a nutshell and took
off the cap. He held it up high to
catch the light. Then he put the cap
on tightly so that the light would not
escape.

Os dois caminharam juntos, até a
casa da Toupeira embaixo da terra.

The two walked together toward
Mole's home underground.

Passaram por Sapo. "Oi, Toupeira! Oi, Esquilo!", chamou Sapo. "O que vocês estão fazendo?"

"Estamos levando um pouco de céu para a casa da Toupeira embaixo da terra", respondeu Esquilo. "Assim, ela terá luz quando acordar de manhã."

"É a melhor ideia que já ouvi na vida!", disse Sapo. "Adoro o céu. O que mais gosto é ficar sentado, sentindo o calor do sol, quando estou com frio. Posso ajudar?"

They passed Frog. "Hi, Mole! Hi, Squirrel!" called Frog. "What are you two doing?"

"We're bringing some sky to Mole's home underground," answered Squirrel. "That way she'll have light when she wakes up in the morning."

"That's the best idea I've ever heard!" said Frog. "I love the sky. What I love most is sitting in the warm sun when I am cold. Let me help."

Sapo pulou do lírio aquático. E enrolou
uma folha para capturar o sol quentinho.
"Agora, Toupeira terá calor e luz", falou.

Frog hopped off her water lily. Then she
rolled up a leaf to capture the warm sun.
"Now Mole will have warmth
and light," she said.

Os três caminharam
alegremente até a casa da Toupeira.
Toupeira pensou em como seria
bom sentir o sol quentinho,
sentada na cadeira.

The three walked happily
toward Mole's home. Mole thought
about how nice it would be to feel
the warm sun as she sat in her chair.

Passaram por Pássaro. "Oi! Oi! Oi!", chamou Pássaro. "Por que vocês três estão andando tão rápido?"

"Estamos levando um pouco de céu para a casa da Toupeira embaixo da terra", disse Sapo. "Assim, ela terá luz quando for dia e sol quentinho quando estiver fazendo frio."

They passed Bird. "Hi! Hi! Hi!" called Bird. "Why are you three walking so fast?"

"We're bringing some sky to Mole's home underground," said Frog. "That way she'll have light when it's day and warm sun when it gets cold."

"Ah, é mesmo!", disse Pássaro. "Como a Toupeira pode ser feliz sem o céu? O que eu mais gosto é a brisa suave com aroma de capim fresco. Posso ajudar?"

"Oh yes!" said Bird. "How can Mole be happy without the sky? What I love best is the soft breeze that smells like sweet grass. Let me help."

Pássaro inspirou profundamente para se encher com a brisa suave. Depois, fechou o bico, para que a brisa não escapasse.

Bird breathed in deeply to fill herself with the soft breeze. Then she shut her beak so that the breeze would not escape.

Logo chegaram na casa da Toupeira.

Soon they were at Mole's home.

Foram

   descendo,

     descendo,

      descendo.

       E chegaram lá.

     Down,

       down,

        down

         they went.

         And then

          they were there.

"Olhe a luz!", disse Esquilo

"Here's light!" said Squirrel.

"Prepare-se para o calorzinho!", disse Sapo.

"Get ready for warmth!" said Frog.

"Aproveite a brisa suave!", disse Pássaro.

"Enjoy the sweet breeze!" said Bird.

Toupeira abriu as garras e esperou. Mas não viu luz. Não sentiu calor. E não cheirou a brisa suave.

Mole opened her claws and waited. But she did not see any light. She did not feel any warmth. And she did not smell the sweet soft breeze.

Toupeira acendeu uma vela. Os amigos
viram uma lágrima descendo em seu rosto.

Mole lit a candle. Her friends saw a tear
rolling down her cheek.

"Sentimos muito, Toupeira",
disseram. "Não se pode pegar o céu."

"We're so sorry Mole," they said.
"There must be no way to catch the sky."

Toupeira foi dormir cedo naquela noite.
Tentou não pensar no céu.

Mole went to bed early that night. She
tried not to think about the sky.

Mas quando acordou na manhã seguinte,
sentiu-se aquecida. Seu quarto estava cheio de luz.

But when she woke up the next morning,
she felt warm. Her room was filled with light.

Toupeira olhou para cima. Ali, no teto, havia uma janela!
Esquilo, Sapo e Pássaro colocaram as cabeças para dentro.

"Bom dia, Toupeira", disse Esquilo.

"Não conseguimos pegar o céu", disse Sapo.

"Mas ENCONTRAMOS uma forma de fazê-lo visitar
você", disse Pássaro.

Mole looked up. There, in her ceiling, was a window!
Squirrel, Frog, and Bird popped their heads inside.

"Good morning, Mole," said Squirrel.

"We couldn't catch the sky," said Frog.

"But we DID find a way for it to visit," said Bird.

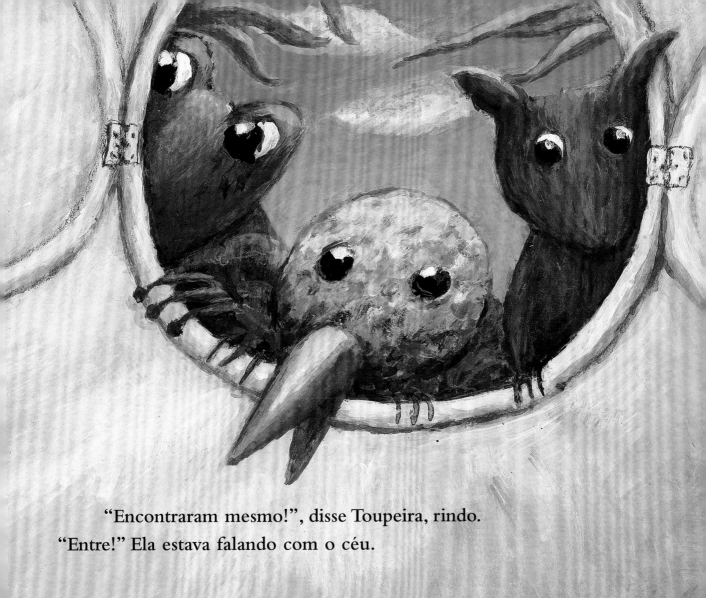

"Encontraram mesmo!", disse Toupeira, rindo.
"Entre!" Ela estava falando com o céu.

"You did! You did!" said Mole laughing.
"Come in!" She was talking to the sky.

Mas, principalmente, estava falando com os
bons amigos que haviam trazido o céu para ela.

But mostly, she was talking to the good friends who had brought the sky to her.

Fim

The End